路上ライブ

松永典子句集 *Matunaga Fumiko*

ふらんす堂

路上ライブ／目次

句集

路上ライブ

I

たんぽぽや空手初段の嫁が来て

どちらかと言へば洋画派目刺焼く

さよならは掌を見せる事春の月

眼鏡はづせばいつの間の牡丹雪

弥生尽雲呑スープに灯がゆれて

ふらここにパン皿ほどの窪みかな

竜天に忘れ形見は文鎮に

初蝶がきて幌たたむ乳母車

おはじきの雨粒に似る鳥曇り

大空に雲のシェルター鳥の恋

歳月や桜三分は空の滓

花種をふれば薬と同じ音

人もまたかくや目刺のひと連ね

春光の発掘痕をチョークで丸

地虫出づ地名返してくれないか

春灯をひとつ曲がればトリスバー

春愁も毒掃丸で直さうか

馬酔木咲くふるさとの鍵まだ持つて

壺焼きのぷつと噴きたる子の新居

春惜しむ屑明太の真くれなゐ

へたくそな縦列駐車さくら咲く

ペン持つたまま春眠に攫はるる

断捨離ができず雲雀を聞きにゆく

春灯の集積回路めく渋谷

蝶消えてより森の香の濃くなりぬ

防人の角髪焼野と同じ色

カーテンに春の日差しを束ねおく

骨壺のしつかり重し春の雪

春の星種井に泡の立ちはじめ

永き日の壁を見てゐるゴリラかな

巣燕や昭和の味のナポリタン

ほろ苦のほろが大切ふきのたう

ピノキオの鼻のごときが芽吹きけり

うすらひを踏んで背骨のきしみけり

芽吹きよりはじまる森のころもがへ

当分は死なぬと決めて菊根分け

木蓮のいま合掌を解くかたち

土筆てふ地面の匂摘みにけり

恋猫のよごれ放題陣屋あと

春愁のリセットボタンないものか

縄文のヴィーナス土の温さとも

よき明日あれうすす髭の合格子

漂流瓶に風化のくもり春の月

ベビー服を掛けたき春の二日月

陽だまりのやうな保育所燕くる

朧夜をチチチと鳴いて体温計

春雪や埴輪の家に窓ふたつ

一番奥へ喪服を仕舞ふさくら冷え

諸葛菜まなこ休めの色かとも

蒲公英の張りつく土地の売られけり

蝶の翅つまめばこつと固き筋

春まつり繭のやうなる菓子売られ

船の切手ななめに貼られゐて暮春

終助詞のひとつのごとく椿落つ

タンポポは大地の言葉絮まんまる

蜷の道ほど木星のストライプ

土筆みつけて畦道の網わたり

紙風船つく度匂ふナフタリン

はなれゆく寸前ゆがみ石鹸玉

パレットの穴へ親指夏近し

糊色の雲ひとつある梅の花

春風のちよつと先までゆけば森

配達通知ドアに嚙まれて戻り寒

雪解靄町の匂の立ち上がる

春愁の顔移りたるパック剝ぐ

定員5名啓蟄のエレベーター

巻尺の舌を引出す四月馬鹿

茹で蟹の手足に輪ゴム春の雪

朧濃しドナーカードを渡されて

竜天に登るモップの逆さ干し

イヤホンのもつれ直しつつ青き踏む

折りかけの紙雛ナースステーション

金縷梅の咲いてそろそろ母乳断ち

待針のやうに散らばる桜蕊

菜の花月夜耳のつめたき猫とゐて

料峭や駅のピアノに立ち止まる

言葉持たぬ樹に励まされ卒業す

バズーカのごとし海市に向くレンズ

ラー油一滴分の強気やリラの花

遠蛙田をしめらせてゆくごとし

巣燕の留守番村の何でも屋

旧石器人のアトリエ春の岸

シリウスの光増したる猫の恋

その町の入り口となる春の虹

春風や土木事務所に塵劫記

Ⅱ

癒ゆるとは上を向くこと桜の実

潮騒の満ちてラムネの気泡かな

梅雨の傘すぼめて路地の幅をゆく

蟬堕ちて踏まれて減つて無くなつて

予後の身を片陰ひろひつつ運ぶ

雑談で終はる往診麦の秋

肋骨の奥に心臓熱帯夜

切り紙のやうな蝶ゐて原爆忌

葉桜や膝を机にメモを取る

炎天は男の出口競り市場

放課後の匂と思ふ椎の花

人ごとよ絵空事よと水を打つ

ケーブルカー夏霧汲みにゆくごとし

鳰の子を見てきし今日の万歩計

コンビニの明るさに蛾のごとく入る

夕星の白さ増したる蚊遣香

剝落の増長天とゐて涼し

忘恩と鐘が鳴るなり半夏生

夕空をすくひて帰る捕虫網

空蟬の目の高さなる雨宿り

六月のセロリ水より水の味

葉ずれして木霊が通る椎の花

水槽は柩の形海月浮く

サンプルをもらふ日傘を持ち替へて

なるやうになれと身を解く蛇なるか

峰雲やぺこぺこ油差し使ふ

たましひの相場ビールの泡ほどに

晩年や首すぢにふる蟬の声

サンダルの崖をちくちく蟻登る

雨音にさときき休み鵜寄り合へる

宇治川の水が水追ふ晩夏かな

蓮咲いて吾がすかすかの骨密度

空蟬をころがす風が見ぬちにも

巣ごもりの鳥の白さの明けやすき

歳時記にめくれ癖つく麦の秋

つくばひの空をくづせる夏落葉

飛べば見えて丹波の郷の糸とんぼ

川音に涼しき言葉さがしをり

蚊帳吊草に脚折つて寝るこふのとり

空木咲き鳥のもやうのマンホール

あぢさゐといふ雨の香のひと束ね

ビンカンと書かれし穴や梅雨に入る

作務終へし青葉の冷の竹箒

ラムネ玉からんと月を動かせり

文具屋に貝風鈴の風を吊る

仮綴ぢの和紙の毛羽立つ男梅雨

麻服を着て水底のやうに暮れ

体内に水の道ある花あやめ

吸呑みにけふは新茶のうすみどり

麦秋や水にもどりし薬缶の湯

夏雲や吸取紙に字のかけら

またの名を雑草といふ姫女苑

粘菌のひろがる早さ雲の峰

髪濡れて生れきし子よ青葉木菟

瓜番の手枷のやうな腕時計

水無月の水の重さの赤子抱く

石鹼の減る安けさの麦の秋

峰雲の育ち赤子の背の窪み

地車の出る幅でいい道普請

スプーン程の枕のくぼみ嬰の昼寝

夏の湖あり青空を置くために

頭の奥にひびく心経あぶら蟬

叩く蠅などどこにゐる蠅叩き

十薬の花裏道の匂せり

雨上がり社葬の列と蟻の列

風のくるところに猫と麦藁帽

蝙蝠が出てものの森となる

産声を待つ暑き日の常夜灯

葉桜やそろそろ切れる歯の麻酔

宅配の台車が通る柿若葉

空梅雨や抜く隙間なき爪楊枝

電子レンジにミルクを忘れ聖五月

電線も坂を上りぬ街薄暑

黄泉といふ遥けさ近さ合歓の花

坂の白線ミシン目のごと炎天下

子育て終へ虹の消えゆく刻にをり

蟬しぐれサドルが熱くなつてゐる

青嵐ゼブラゾーンのめくれさう

棕櫚の木は村の日時計みなみ風

白鯨の裏返す海暑からむ

短夜の寸胴鍋に酵母菌

アンテナのあばら骨めく梅雨の冷

セザンヌの壜の色なる夏の空

灸花母の小言はあとで効く

昼寝覚め頰に付箋の貼りついて

父の日の缶チューハイと豚キムチ

付箋紙を間引きしてゐる暑さかな

菅抜へ通勤鞄持つたまま

繻子帯に扇一本差すゆるみ

枇杷の種うはさ脚色されてをり

休園のキリンの首が青葉越し

手加減のなき父の球雲の峰

路上ライブ泡立つコーラ傍に置き

グッピーや面会時間すぐ過ぎて

テーブルをしつかり拭いて祭鱧

山麓の森はスポンジ男梅雨

蛙飛ぶ力浮葉をまはしけり

夕景に沈みゆくなり白牡丹

母の日の母安売りに二度並ぶ

日常は水のごとしや胡瓜もみ

カンカン石鳴ればみじろぐ夏の月

お守りの金糸のほつれ夏の雲

滝壺の水のもみあふ伊賀上野

Ⅲ

扇形にピザを切り分け終戦日

露の世や猫の毛の付くセロテープ

染め紋の白はつきりと稲の花

海底に藻の森ゆるる稲光

瓢箪のあたまでつかちにて残る

護摩堂の奥のきんぴか秋の風

惑星はおほきな磁石鳥渡る
うるふ秒露ひと粒をこぼしけり
流れ星揺るる夜空を残しけり

返品の山とこの冬越すといふ

空流しをり落鮎のあとの水

マッチ箱程のバス行く紅葉山

光体のまま着地する草の絮

ゆふづつの灯りて茄子の炒め物

やや寒の釘にいつもの鍋つかみ

日ざらしの梯子に増えて赤とんぼ

澄んでゐるプレパラートの水もまた

蓑虫や吾もＣＴの筒に入る

夫の持つ鍵を待ちをり星月夜

風になるまでの帰燕を見送れり

過去へゆくごと秋霖の湖西線

非通知と記録の残る雁渡し

裏口は湖に開きて秋桜

みづうみはひかりの器秋ざくら

胞衣塚に秋の星座を繙けり

棒立ちのまま枯きざす曼殊沙華

神多き国に生まれて柿を干す

秋風や猫の名前の処方箋

秋蝶のねばつく影を運ぶかな

ほろ酔ひの影もほろ酔ひ地虫鳴く

孫文の帽子の穴や秋暑し

「もういいよ」と答へて秋の風ばかり

井戸の蓋ややずれ紫式部の実

家苞にせよと干し柿日向ごと

まほろばの秋へ迷子になりにゆく

文楽のめつむる頭秋灯

クォーツの振動をもて地虫鳴く

野分過ぎたる乳呑児のいい匂

この辺で引き返さねばすすき原

月白やカプセルホテルのうろこ型

空き缶に汐たまりゐる震災忌

みどり児はねむるかたまり鳳仙花

花すすきゆらして猫のマーキング

角切りを見たる帽子のへこみかな

猿沢池キャラメル色の水の秋

野良猫の濡れて出てくる花野かな

実石榴に赤い泪を溜めておく

ほほづきの路地が育てる浪速つ子

稲妻の遠くミルクの噴きこぼれ

塩辛とんぼむかうの橋に空置いて

方向音痴へ穂すすきの通せんぼ

水占に浮いてくる文字秋深し

大津絵に弱さうな鬼秋つゐり

身の丈の幸せでいい冬瓜汁

青空の錘となりて柿たわわ

秋暑し鋏をひらくやうに千木

宝石のごとき目を持ち穴惑ひ

蓑虫に糸こども等に帰る家

星空で蓋して井戸の水の秋

山の荷のくたりと置かれ草紅葉

秋鯖を筒切りにして老いゆくか

里山は心のひなた小鳥くる

地虫鳴く映画の中の黒電話

ばつたんこ鳴る花札の雨が出て

信号の点滅しづか秋出水

三角の電車の吊り手そぞろ寒

帯留めの亀を締め上げ菊日和

体温計の水銀消えて星月夜

酢橘絞りゐてロッキーの主旋律

心臓の重たさならむ石榴の実

凡庸な爪の三日月梨を剝く

空を探して朝顔の漏斗型

雁の列空の座標にはまりけり

おしまひは行書のごとく蛇穴へ

蜘蛛の囲といふ秋風の住処かな

秋の夜や固形スープをよく溶いて

稲びかり眼鏡ケースをぱたと閉ぢ

みどり児のガーゼの寝巻小鳥くる

阿修羅像の肘の三角秋深し

猫の目の虹彩窄め秋うらら

椅子かたき消化器外科の秋灯

衛星の飛んで林檎の齧りかけ

二礼二拍手一礼どんぐりを踏んで

セメダイン匂ふ短き夏休み

みみず鳴く埴輪の顔に穴三つ

鳥渡る靴底厚き竜馬像

茹で栗の断面瑪瑙のやうな艶

オロナイン切らしてをりぬ星の恋

秋うらら対面式の乳母車

柿熟れてザラ紙色の日暮くる

濡れ縁の板の反りたる柿日和

健やかに育つものゐて障子貼る

身の丈にサドルを戻し紅葉山

次々発を駅椅子に待つ毛糸玉

エコバッグより柚子の香の文庫本

Ⅳ

血圧計に腕を摑まれ神の留守

検査衣のひやりと冬の海が見ゆ

水深の目盛が杭にゆりかもめ

御堂筋投網のやうな寒暮なる

大根にかくし包丁黄泉に母

立冬や撞木の網のT字型

和らふそくの芯の太さよ七五三

談志死す季節外れのトンボゐて

鷽替へのだんだんぬくき鷽となる

浮寝鳥群れてをらねば消えさうで

みづうみは雲のたまり場小六月

裸木となるそれでいいそれがいい

躾糸一気に抜いて年詰まる

割れさうな夕日を入れて山眠る

水木しげるを連れて行つたかカマイタチ

スロープでかたむく枢竜の玉
モデルルーム冬空に似て片付いて
ケータイを木簡のごと立てて冬

噓して ぬらす確定申告書

ストレッチして待春の山を見る

未来より過去多くなるちゃんちゃんこ

錠剤に似る貝釦冬うらら

何に効く薬だつたか寒の水

水鳥は奉書の白さ雨上がる

うつむいて働く眼鏡寒椿

冬の日と木魚乗りたる緞子かな

神獣の鼻すぢ通る冬灯

冬麗の古鏡に栖みし一角獣

和紙の手触り陸奥の冬紅葉

邪馬台国どこであらうと冬菜畑

留守電をまとめて聞けり寒すばる

父の忌の紙の懐炉をよく揉んで

木枯を待たせて大阪港めぐり

海へ向く椅子冬の日にあたたまる

順路どほりに枯野へと出てきたる

一隅は母の高さの干し大根

通過駅てふ寒燈のひと並び

ずぶぬれの初日上げたる熊野灘

正露丸ほどの糞置き嫁が君

飛竜頭に味の沁みたる寒波来

埋火や蕪村の雪は和紙の色

冬の灯の沁みたる卓袱台ならばある

虎落笛ダムの湖底の村が透き

小春日の定位置に置く粉ミルク

喉の奥にしばし凩棲みつけり

松にふる雪松の香となりゆけり

無骨なる縄雪吊となるまでは

寒月蝕たこ焼色に仕上がりぬ

ゴム長が先にぬくもるどんど焼

ぽたと猫落ちてそのまま日向ぼこ

ねんごろに猫砂ならす小六月

老いゆくに上手下手あり日向ぼこ

戸袋の蜂の一家と冬ごもり

蜂のムサシ戻らぬままに北塞ぐ

灯台の絵の前で待つ寒さかな

傾いてまはる惑星冬深し

雪の日は靴の寄りあふシェアハウス

千両を山の寒気がみがくなり

喪の葉書濡れ手に受けて十二月

人の灯と冬の銀河とひびきあふ

切干を煮てぽかぽかと物忘れ

駄菓子屋のうすき電灯十二月

バウムクーヘン柾目に切つて聖夜なり

捨てたものぢやないと海鼠腸すすりけり

子の言葉殖ゆ寒星の出そろひて

夕暮れはレントゲン色冬木立

バリカンを分解したる春隣

ヘリコプター低く飛ぶ日の干し大根

工事場の隅に落葉を掃く箒

裸木は父子のジャンパー吊るところ

歯の抜けし顔で笑へりお年玉

猟銃の逸れて空気の折れる音

ビー玉に赤チンの色春を待つ

寒の月シールはがしし痕に似て

氷囊の留め金匂ふ風邪寝かな

鍋敷きに熱の残りぬ薬喰

ドロップ缶一振りほどの冬の雷

水仙花直ぐなる事に疲れぬか

湯ざましに微量の金気寒波来
わが裡の鬼も老いづく節分会
ぽんかん程の嵩にチワワ用おむつ

萱屋根の切り口揃ひ春を待つ

冬銀河このビル傾いてゐはせぬか

雑巾のごはごは乾く冬はじめ

寒林より静か子のゐぬ子供部屋

マイナンバーとて寒風の届けたる

二歳児のガンダム歩き冬うらら

大寒の鳥の極薄まぶたかな

八手咲く回覧板の置きどころ

捨てきれぬ本を捨てよと雪ぼたる

ぽつくり寺に詣でて風邪をもらひけり

新築に片目のだるま日脚のぶ

木にうしろ姿のありて雪明り

鯨幕の裏で寒紅引き直す

春近きパラパラ漫画よくめくれ

雪こんこ太郎次郎はもうゐない

小食でふとる体質北ふさぐ

小春日やお汁粉の出る販売機

冬ぬくし魚河岸にある喫茶店

ひとつづつ何か諦め葛湯溶く

束の間の時間の溜まる軒つらら

教会の椅子のかたさに悴めり

寒すばる空の鏡は山の沼

生きてゐるぞと海たたく鯨の尾

人の目の高さに浮いて雪ぼたる

ボルゾイのしづしづ通る冬うらら

鬼の腕ほどの大根届きけり

脱ぎ捨てる物のもうなし枯木山

メロディーにならぬ口笛春近し

あとがき

『路上ライブ』は『木の言葉から』・『埠頭まで』に続く二十年間の第三句集です。コロナ禍の真っ只中の今、人々は極めて深刻なパニック状態に置かれています。個人的にも癌を患ったり見解の相違で孤立したりで、後半生はあっという間に過ぎてゆきました。世界中の人々が苦境に喘いでいて先の見通しなど立ちません。大阪天王寺駅前で、若者たちの路上ライブに足を止めて、心の中で「夢に向かって頑張って」と応援する日がまた来るのでしょうか。それを願いつつ、祈りを込めてこの句集を纏めました。

坪内稔典先生とふらんす堂の皆様には懇切なご指導とご助言をいただきました。ありがとうございました。

令和三年十二月

松永典子

著者略歴

松永典子（まつなが・ふみこ）

昭和22年生れ
昭和54年　「沖」入会
昭和63年　「沖」「門」同人　のち退会
平成９年　「船団」入会
平成11年　第一句集『木の言葉から』上木
平成12年　俳句サイト「探鳥句会」立上げ
　　　　　現在迄HP「探鳥句会」編集代表
平成17年　第二句集『埠頭まで』上木
平成19年より「青垣」創刊参加　のち退会
令和４年　毎日俳句大賞受賞

現住所　〒583-0856　大阪府羽曳野市白鳥1-11-12

句集　路上ライブ　ろじょうらいぶ

二〇二二年三月一五日　初版発行

著　者――松永典子
発行人――山岡喜美子
発行所――ふらんす堂
〒182-0002　東京都調布市仙川町一―一五―三八―二F
電　話――〇三（三三二六）九〇六一　FAX〇三（三三二六）六九一九
ホームページ　http://furansudo.com/　E-mail　info@furansudo.com
振　替――〇〇一七〇―一―一八四一七三
装　幀――君嶋真理子
印刷所――明誠企画㈱
製本所――㈱松岳社
定　価――本体二六〇〇円＋税
ISBN978-4-7814-1443-0　C0092　¥2600E